D1038819

Collection MONSIEUR

Monsieur GRINCHEUX

Roger Hargreaves

hachette
JEUNESSE

C'était une charmante soirée d'été.

Monsieur Grincheux était dans sa maison.

Il l'avait appelée la *Villa Ronchon*.

Il s'assit dans un fauteuil et prit un livre.

Sais-tu ce qu'il fit ensuite ?

Il déchira toutes les pages !

Toutes, sans exception !

Monsieur Grincheux ne supportait pas les livres.

Il était toujours de mauvaise humeur.

En fait, personne ne l'avait jamais vu de bonne humeur.

Le lendemain matin, il alla dans son jardin.

Sais-tu ce qu'il y fit ?

Il arracha toutes les fleurs !

Toutes, sans exception !

Monsieur Grincheux ne supportait pas les jolies fleurs.

Tout à coup, il aperçut quelqu'un.

C'était monsieur Heureux.

– Bonjour, dit monsieur Heureux.

– Bon... quoi ? bougonna monsieur Grincheux.
Il n'y a rien de bon ! Allez, ouste !

– Comment ? fit monsieur Heureux.

– Vous avez bien entendu, lança monsieur Grincheux d'un ton sec. Dehors !

– D'accord, dit monsieur Heureux en riant.
Vous, alors, vous êtes vraiment d'une humeur massacrante.

– Pff ! fit monsieur Grincheux.

– Et, poursuivit monsieur Heureux,
vous devriez changer de manières.

– De quoi vous mêlez-vous ?
répliqua monsieur Grincheux.

Puis il se dirigea vers sa maison et au passage,
marcha sur le pied de monsieur Heureux. Exprès !

– Aïe ! gémit monsieur Heureux.

Et VLAN !
Monsieur Grincheux claqua la porte derrière lui.

Monsieur Heureux resta planté là,
beaucoup moins heureux que d'habitude.

Il avait mal au pied.

Il réfléchit.

Et réfléchit encore.

Et réfléchit encore plus.

Soudain, il eut une idée.

Il sourit et s'en alla trouver monsieur Chatouille.

Monsieur Heureux exposa son idée
à monsieur Chatouille. Psss, psss...

– Bravo ! Bientôt monsieur Grincheux ne sera plus
de mauvaise humeur, dit monsieur Chatouille.
Et il sourit jusqu'aux oreilles.

Enfin, c'est une façon de parler,
car il n'avait pas d'oreilles.

– Ha ! Ha ! riait-il.
Et il agitait ses bras extraordinairement longs
et se frottait les mains.

– On va bien s'amuser !

Cet après-midi-là, monsieur Grincheux
alla en ville faire des courses.

Il entra dans la boutique de monsieur Rosbif.
Monsieur Rosbif était boucher.

– Je veux des saucisses,
cria monsieur Grincheux d'un ton sec.

Et plus vite que ça !

Pauvre monsieur Rosbif !
Il était terrorisé par monsieur Grincheux.
Il se dépêcha donc d'obéir.

Mais alors, quelque chose apparut
sur le pas de la porte.

Sais-tu ce que c'était ?

C'était un bras incroyablement long
qui appartenait à...

Tu as deviné, n'est-ce pas ?

Bien sûr, c'était celui de monsieur Chatouille.

Le bras vint chatouiller monsieur Grincheux.

– Oh ! cria monsieur Grincheux tout affolé.

Il laissa tomber les saucisses
et se retourna pour voir ce qui se passait.
Mais...

Il n'y avait rien à voir !

– Grrr, grogna-t-il. Il ramassa ses saucisses et se dirigea vers la boutique suivante.

C'était la pâtisserie.

VLAN ! La porte de la pâtisserie claqua.

– Je veux un gâteau, cria monsieur Grincheux,
d'un ton sec.

Et plus vite que ça !

Pauvre madame Tarte-aux-Pommes !
Elle était terrorisée par monsieur Grincheux.

Elle se dépêcha donc d'obéir.

Et alors, tu devines la suite ?

– Oh ! s'écria monsieur Grincheux.

Et patatrac, le gâteau et les saucisses
tombèrent par terre !

Monsieur Grincheux ne comprenait rien
à ce qui lui arrivait.

Et la même chose se reproduisit
à la librairie de monsieur Dujournal,
chez la marchande de bonbons,
madame Sucre-d'orge,
à la crèmerie de monsieur Potolait
et enfin chez monsieur Petits-Pois l'épicier.

Cela dura tout l'après-midi !

Tout l'après-midi,
monsieur Grincheux se fit chatouiller,
laissa tomber ses paquets, les ramassa,
se fit chatouiller de nouveau,
laissa tomber ses paquets, les ramassa encore,
et se fit chatouiller, chatouiller, chatouiller...

Sans rien y comprendre.

En revenant à la *Villa Ronchon,*
Il rencontra à nouveau monsieur Heureux.

– Coucou, lui dit celui-ci avec un large sourire.
La journée a été bonne ?

– Allez-vous-en ! hurla monsieur Grincheux.

C'est alors que le malicieux et interminable bras
de monsieur Chatouille surgit de derrière un arbre
pour le chatouiller une autre fois.

Monsieur Grincheux sauta en l'air,
lâcha tout, une fois de plus, et retomba par terre.

Monsieur Heureux regarda monsieur Grincheux
assis au beau milieu de ses saucisses,
de ses gâteaux, de ses journaux, de ses bonbons,
de son lait et de ses pâtes.

Il éclata de rire.

– A mon avis, dit-il,
si vous étiez de meilleure humeur,
ce genre de mésaventures ne vous arriverait pas
si souvent.
– Grrr, grogna monsieur Grincheux
en guise de réponse.

Il ramassa à nouveau ses paquets
et poursuivit son chemin vers la *Villa Ronchon*.

C'est alors qu'en chemin il réfléchit aux paroles
de monsieur Heureux.

Car il n'avait pas du tout apprécié
ce qui lui était arrivé.

Pendant ce temps,
monsieur Heureux et monsieur Chatouille
se serraient la main et se tordaient de rire.

Par la suite, monsieur Grincheux
essaya d'être de moins mauvaise humeur.

Plus il faisait d'efforts, moins on le chatouillait.
Alors, il poursuivit ses efforts.

Maintenant il est presque transformé.

L'autre soir, il a pris un livre
et qu'a-t-il fait, à ton avis ?

Il n’a arraché qu’une seule page !

1
MME AUTORITAIRE
2
MME TÊTE-EN-L'AIR
3
MME RANGE-TOUT
4
MME CATASTROPHE
5
MME ACROBATE
6
MME MAGIE
7
MME PROPRETTE
8
MME INDÉCISE
9
MME PETITE
10
MME TOUT-VA-BIEN
11
MME TINTAMARRE
12
MME TIMIDE
13
MME BOUTE-EN-TRAIN
14
MME CANAILLE
15
MME BEAUTÉ
16
MME SAGE
17
MME DOUBLE
LA COLLECTION
MADAME
c'est aussi
41 personnages
18
MME JE-SAIS-TOUT
19
MME CHANCE
20
MME PRUDENTE
21
MME BOULOT
22
MME GÉNIALE
23
MME OUI
24
MME POURQUOI
25
MME COQUETTE
26
MME CONTRAIRE
27
MME TÊTUE
28
MME EN RETARD
29
MME BAVARDE
30
MME FOLLETTE
31
MME BONHEUR
32
MME VEDETTE
33
MME VITE-FAIT
34
MME CASSE-PIED
35
MME DODUE
36
MME RISETTE
37
MME CHIPIE
38
MME FARCEUSE
39
MME MALCHANCE
40
MME TERREUR
41
MME PRINCESSE

ISBN : 978-2-01-224555-6
Loi n° 49-956 du 16 juillet 1949 sur les publications destinées à la jeunesse.
Imprimé et relié en France par I.M.E.